AF590145

MARIUS FONTANE

# RETOUR D'ITALIE

..... O ma mère !
Toi que la douleur accabla,
Retiens ta plainte trop amère,
Console-toi : la France est là.

Paul Reynier (*Italie*).

PRIX : 50 CENTIMES.

PARIS
CHEZ LES PRINCIPAUX LIBRAIRES
1859

# RETOUR

# D'ITALIE

Lb56 *

# APRÈS LA GUERRE!

## I.

La guerre, c'est l'horreur; c'est l'affreuse furie,
Agitant dans l'espace et d'une main flétrie,
Sa torche de malheur.
La guerre, c'est l'enfer vomissant de son gouffre
Des flots impétueux de salpêtre et de soufre,
Torrent dévastateur.

Ainsi parlait un fils, dernier de sa famille,
Pleurant son frère mort... et jetant sa faucille

1859

Verte du sang des prés :
Il n'est plus — disait-il — et le fer de la guerre
L'a fauché, comme moi je fauche sur la terre
Les tapis diaprés.

Il n'avait que vingt ans : dans les champs de la vie
D'un regard fraternel et d'une main amie
Je protégeais ses pas.
Au printemps, les bluets renaîtront dans la plaine;
L'agneau sur les buissons viendra blanchir sa laine;
Lui, ne reviendra pas!....

Enfant! qu'avait-il fait? Rien! Son âme candide
Aspirait les parfums de nos grands bois; timide,
Son cœur battait tout bas.
Quand l'amour effeuillait la blanche marguerite
Près de lui, si son cœur battait un peu plus vite,
Il ne comprenait pas.

Innocent! Mais un jour la guerre est apparue :
Il a fallu quitter le fer de la charrue
Pour le fer des guerriers.
Le canon retentit : et l'éclair de la bombe
Marqua d'un doigt de feu la place de sa tombe
Dans un champ de lauriers.

Il est mort, et mes yeux cherchent en vain sa couche :
Je l'appelle et mes cris expirent sur ma bouche :
Nul ne voit mes douleurs.
Je pleure, et je ne puis trouver au cimetière
La plus petite croix, la plus petite pierre,
Pour y graver mes pleurs.

Mon frère, tu n'es plus : l'écho redit encore
Tes rustiques chansons..... J'entends ta voix sonore
Et le bruit de tes pas.
J'écoute chaque soir les chants de la nature :
Je reconnais ta voix dans le moindre murmure.
Ne reviendras-tu pas?

Je ne te verrai plus, et cet espoir — ma joie —
Doit se taire : la mort ne peut lâcher sa proie.
Le lugubre cercueil
Que creuse le canon, se tapisse de mousse;
L'oubli jette son voile, et la pervenche pousse
Sur ce gazon de deuil.

Je ne te verrai plus : c'est le fruit de la guerre.
Des chants retentiront où tu chantais naguère ;

Une étrangère main
Viendra cueillir des fleurs à cette même place
Où je pleure ta mort..... Ainsi le monde passe
Et va vers son destin!

L'année aura son cours : l'hiver aura sa bise;
L'été, son beau soleil; l'automne aura sa brise,
Et le printemps ses fleurs.
La fauvette à son nid dira de sa voix douce
Son caquet gracieux; le tertre aura sa mousse
Et moi j'aurai mes pleurs.

Il dit, et se baissant pour prendre sa faucille
Une larme glissa sur une pauvre fleur
Et la flétrit. — Ainsi l'amoureuse douleur
Flétrit d'une larme le cœur
De la timide jeune fille.

Ce souvenir cruel égarant sa raison
Il s'écria, du fer menaçant l'horizon :

La guerre, c'est l'horreur, c'est l'affreuse furie,
Agitant dans l'espace et d'une main flétrie

Sa torche de malheur.
La guerre c'est l'enfer, vomissant de son gouffre
Des flots impétueux de salpêtre et de soufre,
Torrent dévastateur.

## II.

Un vieillard l'écoutait ; — sa longue barbe-grise
Se séparait en deux... caprice de la brise,
Découvrant sur son cœur
L'étoile du soldat, la croix de la victoire.
Son front semblait briller des rayons de la gloire,
Des rayons du vainqueur.

Le faucheur l'aperçoit ; un magique silence
Se répand autour d'eux ; puis le vieillard s'avance
Et lui prenant la main :
Pauvre enfant, lui dit-il, tu pleures, mais tes larmes
Se sécheront bientôt, car tu prendrais les armes
Pour combattre demain.

# III.

La guerre, c'est l'horreur, quand un monarque infâme
Sur le champ des combats, par le fer et la flamme,
Veut un trône de morts!... quand un barbare orgueil
Lui fait changer sa pourpre en un manteau de deuil;
La guerre, c'est l'horreur, quand la noire injustice
Frappe de tous côtés, au gré de son caprice,
Pour le plaisir de voir son poignard assassin
Fumer de sang humain pour un lâche dessein.
La guerre, c'est l'horreur, quand le vainqueur abuse
Des bras de ses soldats, que la guerre l'amuse,
Qu'il frappe pour frapper. Mais ces temps sont passés,
Où vainqueurs et vaincus, dans les champs dispersés,
Comme en un duel affreux, assassins ou victimes,
Se faisaient un drapeau des lambeaux de leurs crimes.
La guerre, c'est l'horreur, quand un fier souverain
Achète au prix du sang un pouce de terrain.
Non, ces temps ne sont plus..... le feu de la mitraille
Brille, frappe et se tait. Le soir de la bataille

Il n'est plus d'ennemis : en se donnant la main
Et vainqueurs et vaincus brisent le même pain.
Tout est grand de nos jours, et la guerre elle-même
A changé son linceul en un beau diadême.
Le soldat repoussé recule sans affront,
Et porte avec orgueil une blessure au front.

. . . . . . . . . . . . . . . . . . . . . . . . . . . . . . . . . . . . . . . . .

L'Aigle de Vienne a dit à l'Aigle de la France :
J'ai le droit d'opprimer; mes canons sont nombreux,
Mes sujets dévoués, mes soldats valeureux;
Et si quelque étranger est mécontent, qu'il vienne!
L'Aigle français a dit à l'Aigle noir de Vienne :
Aux armes!!

Animé d'un si noble dessein
L'Empereur en deux jours fut aux bords du Tessin.
L'ennemi l'attendait : le canon dans la plaine
Répandit aussitôt sa désastreuse haleine;
La terre retentit du choc des bataillons,
Et le sang des martyrs humecta les sillons.
Ce fut terrible alors!... Sublime sérénade :
Le tambour, le clairon, le fer, la canonnade,

BIBLIOTHÈQUE IMPÉRIALE

Le choc des fantassins, la voix de l'artilleur,
Le bruit des escadrons, le feu du tirailleur;
Tout frappait à la fois. Ici l'artillerie
Déjouant les projets de la cavalerie,
Lance sur l'escadron son homicide éclair.
Au bruit retentissant qui vient d'ébranler l'air
Succède un cri de mort.... Dans des flots de fumée
L'impassible artilleur, toujours mèche allumée,
Frappe de nouveaux coups..... Là ce sont les Turcos,
Par leurs sauvages cris étonnant les échos;
Plus loin, l'acier tranchant du zouave invincible
Gagne à chaque moment un combat impossible.
Tout va semant la mort dans ce champ glorieux
Où marchent nos soldats d'un pas victorieux.
Tout va semant la mort et récoltant la gloire
Au champ de la valeur. Le Dieu de la victoire,
Pendant deux mois entiers dirigeant nos drapeaux,
Nous fait compter les jours par des succès nouveaux.

Dis, le ciel aurait-il ainsi béni nos armes
Si, traînant avec lui le démon des alarmes,
Le sauveur de Milan, pour flatter son orgueil,
Eût changé l'Italie en un vaste cercueil,

Et que rêvant pour lui d'importantes conquêtes,
Mesurant le terrain par le nombre de têtes
Il eût sacrifié nos valeureux guerriers ?
Non, la France aux combats ne veut que des lauriers.
Non, la cause était belle, aussi digne que sainte.
L'Italie, exhalant une dernière plainte,
Par un suprême effort tendit, un jour, vers nous
Ses deux bras enchaînés ; puis tombant à genoux
Nous demanda secours !... A genoux ! l'Italie !...
Reine, relève-toi : tu n'es pas avilie ;
Le pied qui se posa sur ton sein déchiré,
C'est celui du destin, et la France a juré
D'empêcher que son poids ne t'enlève la vie.
Tu dois vivre, il le faut : ta liberté ravie
Reviendra t'ennoblir !....

Et la France en deux mois
Brisa ses fers rivés et lui rendit sa voix.

## IV.

Le jeune homme écoutait, et déjà dans son âme
La voix du vieux soldat répandait le dictame

Et calmait son esprit.
Le ciel parut plus pur, la brise plus légère,
Sa douleur d'un instant lui parut mensongère
Et le vieillard reprit :

Regarde à l'horizon : le ciel n'a plus d'orage ;
L'obus ne lance plus son ténébreux nuage ;
L'artilleur endormi rêve au pays natal ;
Le clairon martial sonne des airs de fête ;
Sous des faisceaux de fleurs brille la baïonnette
Acier jadis fatal.

La charge ne bat plus ; les nuages de poudre
Sont dispersés ; Bellone a fait taire sa foudre ;
Le ciel italien a repris sa beauté ;
Les blés ont repoussé ; les fleurs sont revenues ;
Les clochers pavoisés portent jusques aux nues
L'écho de la gaîté.

Cent fois viendra la nuit, cent fois viendra l'aurore :
Nos amis de Milan acclameront encore
Nos guidons déchirés, héroïques lambeaux.
Vois sur leur hampe d'or, les lauriers de la guerre
Au lieu de contempler, les yeux fixés à terre,
La place des tombeaux.

Mourir dans les combats, c'est vivre dans la gloire :
Au lieu d'un marbre noir, le livre de l'histoire
Nomme tous les martyrs à la postérité.
Rien ne résiste au feu de l'ouragan qui passe :
Le temps vole partout, devant lui tout s'efface;
Le livre est respecté.

Ils sont morts; mais leur sang en rougissant la plaine
A pu sauver un peuple en brisant une chaîne,
Sous l'égide sacré de drapeaux triomphants.
Le sang peut tout sauver : et l'Homme-Dieu lui-même
N'a pu qu'au prix du sang, dans son amour extrême,
Racheter ses enfants.

Palestro les a vus, tout couverts de mitraille,
Repousser des soldats bien dignes de leur taille;
Turbigo, Magenta, champs de Malegnano,
Comme à Montebello vous avez vu la France
Semant de tous côtés la mort et l'espérance
Jusqu'à Solferino.

Il a fallu du sang pour franchir ces barrières :
Aux accords éclatants des fanfares guerrières

La mitraille a frappé de braves généraux.
Ils sont morts dignes chefs d'une vaillante armée.
Ils n'étaient que soldats sur les champs de Crimée
Et ce sont des héros !

Ils sont morts glorieux — superbes hécatombes.
Peuples italiens, vous marquerez leurs tombes
Et vous direz un jour à la postérité :
Là sont les dignes fils d'une vaillante race :
Auger, Clerc et Beuret, morts avec Espinasse
Pour notre liberté.

## V.

Au mot de liberté, le faucheur tombe et prie
Pour son frère d'abord, et puis pour sa patrie,
Levant les yeux au ciel.
Dans son émotion, les genoux sur la pierre,
Quand la nuit vint, l'enfant, oubliant sa prière,
Disait à l'Eternel :

Je veux combattre aussi pour cette cause sainte ;
Je veux entrer demain dans l'héroïque enceinte ;
Je veux avoir ma part
Des lauriers des combats..... Je veux suivre la France.
Mais une voix d'en haut, trompant son espérance,
Lui dit : Il est trop tard !....

................. La guerre est terminée,
La foudre des combats au ciel est enchaînée.
Noble était ton désir, sache persévérer :
Tant que dans l'univers la France sera France,
Et qu'une nation sera dans la souffrance,
Tu pourras espérer !

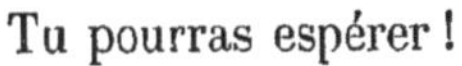

BIBLIOTHÈQUE IMPÉRIALE IMPR.

PARIS — IMPRIMERIE CENTRALE DE NAPOLÉON CHAIX ET C^e, RUE BERGÈRE, 20 — 7166.

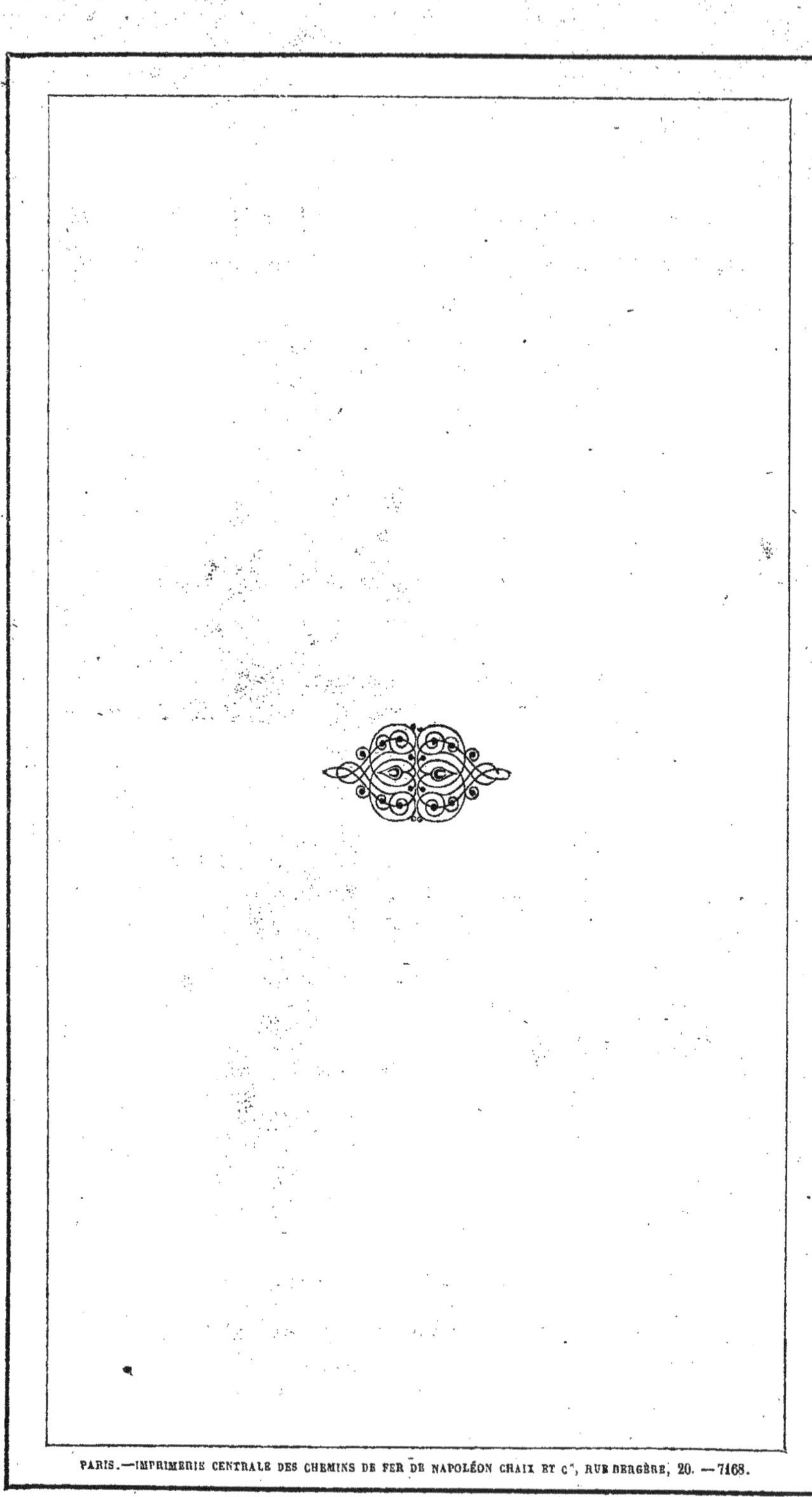

PARIS. — IMPRIMERIE CENTRALE DES CHEMINS DE FER DE NAPOLÉON CHAIX ET C^ie, RUE BERGÈRE, 20. — 7168.

www.ingramcontent.com/pod-product-compliance
Ingram Content Group UK Ltd.
Pitfield, Milton Keynes, MK11 3LW, UK
UKHW012134240726
13965UKWH00005B/2172

9 782013 550253